御定奇門秘訣

卷七 卷八 卷九

御定奇門秘訣卷之七

三奇靜應

經曰陽遁順行前取用陰遁逆行后取用假令陽遁局中甲子直符在三宮是順取用令丙奇在巽即月奇到巽來應時中如三奇在直符住上為時初應前一位為時中應前二位在時末應

三奇乾宮尅應

日奇到乾有黄衣人至與腰纏財物人至又為貴人老人僧道或頭目之病與父女同行之應

月奇到乾有皂衣人來或色衣人與炉火道人黑白飛禽又為林下貴人與兵卒將至或雙飛黑鳥至南方產亡一月内有人財添進大發

星奇到乾有執器械之人與少女遊戲之事又為陰人奴婢挑禮牽畜之應三七日主進金寶及有生氣之物為應

三奇坎宮尅應

日奇到坎有皂衣人至與車馬舟船汲水摇櫓子母詎歌高人逸士潮海漁翁僧道金鼓之應〻后七日内進財並生氣又宅有喜事大發

月奇到坎有執杖人至鷹擊沙鷗又為娼女小兒漁鼓喜笑與烹茶炙蝋之應或黃白飛鳥從西北方來應六十日内進契書東方大驚其家大發

星奇到坎有人自南方挽小兒來與爭論誹謗之事

或女被傷疾苦之事或黑雲雨為應一七主進黑色物西北有人自吊死大發

三奇艮宮尅應

日奇到艮有人着青衣或持鐵器黑白飛禽從北方來猪狗相併提網賣漁又為少年顯官勅書走振山人兵卒貴人之娼肩輿走狗之應週年得財

月奇到艮有網罟魚獵貴人皂衣跎背麻面又為壽星勇士弓弩詩畫炉瓶灣曲方員之物或小兒對鉄

器啼哭為應双飛白鳥南來三七日内進喜財物過年
進白牛馬大發
星奇到艮有人挾文書紙筆小兒幼女穿林過嶺又
為陰人獨行與私奔僧尼害㕦之應或小兒持鉄器
為應一年内主進財產

三奇震宮尅應

日奇到震有武士執器械與顯官大人雷鼓响振又
為兵戈渙獵漁人及小兒為應三七日主進金寶東

方女產厄其家大發
月奇到震有執火燒林乘馬渙獵醉翁寒士武人持
刀劔杖來春主雷鼓聲小兒成羣為應七日內進生
氣物一年生子若見破處有雷傷樹大發
星奇到震有架鷹逐兎媍女餉饋陰人病厄妓女私
情柳柴取漁之應或鳥双至進黃白物若見東方有
傷財發大發

三奇巽宮尅應

星奇到離有青衣人女子牽羊與爭婚交合之事火炉柴炭烘籃之應或黃色衣人三七日進橫財東方有人持刀斧互砍破或一百二十日進書大發

三奇坤宮尅應

日奇到坤有孝服塋葬之事與寡婦孤女疾病脹腹之情與鋤土種田之應或孝服人自西來及烏鵲自南北二方至或鼓聲或西方牛（雷）傷牛馬之類一七日進豬鴉六十日進女人文契

月奇到坤有飛鳥過山及皂衣人挑粮運土與男女私情爭鬧之應或挑水過者應及鼓聲並喜鵲南北二方來二七日進女人財帛一年進絕產大發

星奇到坤有私奔之女子牽逐牛羊害冶烟起與青衣人担水之應及黑飛鳥至三七日進水利之物北方有水破田則發

三奇兌宮尅應

日奇到兌有孀女成羣婚喜嘻笑飛鵲噪聲牽羊過

嶺或鐘鼓金磬之聲爭鬧口舌之應百日三百日內進商因入田地東方牛馬自損大發

月奇到兑有執杖女人自東來抱孩子與羊鬧之事又為妓女歌聲艮匠鑄造之應並小兒哭聲及鼓聲七日進鉄器百日一年內進人口田地坤艮方上有老人死即發

星奇到兑有文書之事與合婚之喜及漁罟之應并黃白飛鳥為應一七進血財二七得契田地坤艮方有人卒死大發

三奇之中丁奇最靈若修之方奇門到向可用竹紐七个燃火前引人夫行四步外滅火即與工必有祥應六丁乃火之精化而成金若到震更明必門奇到震愈吉用者尤宜審焉

乙加中

為種菜栽樹伐木男女相通或挖土築墻與做瓦器之事

丙加中

為修墳造窨填塞道路與人捧令喜悅之事

丁加中

為女掌家或燒煉之人與紙墨詩畫之事

三奇尅應此為動應

乙長蛇當道有娠婦人

甲子乙丑丙微雨后逢孝衣人

丁水族中物及蛇鼠

乙鞴衣人官貴

丙寅丁卯丙水族中物漁獵人

丁黑衣人微雨

乙孕娠猛風

戊辰己巳丙公吏子母牛

丁山獸物赤頭吏人

乙老嫗水族中物

庚午辛未丙變斃鑿人金寶物

丁頹頭人兵器物

乙巫人微雨

壬申癸酉丙羣鵝老婦

丁二三馬牛背人

乙僧道物外人商旅

甲戌乙亥丙竹器車馬

丁舟車一男一女同行

乙血光人巫匠人

丙子丁丑丙磁器孕婦

丁出頭吏人蛇梟

乙雄旂子母牛

戊寅己卯丙黑衣人羣羊

乙羣馬黑雲飛

乙竹器老嫗

庚辰辛巳丙舟車羣人

丁孕婦車馬

乙黑衣人捕盜人
壬午癸未丙丫頭童子金銀器
丁紅云醉人
乙青衣婦人猿猴
甲申乙酉丙僧道物外人商旅
丁公吏孝服人
乙疾風人
丙戌丁亥丙官員車馬寶物

丁負担人孕婦
乙獵人白云
丁狂風蛇當道
戊子己丑丙竹器羣鴉飛集
乙赤頭吏人黑衣人
庚寅辛卯丙車具三四匹馬
丁秃頭人一男一女
乙丫頭童子微雨或狂風

壬辰癸巳丙水族中物猛風

丁朱衣人老嫗

乙鉄衣人孝服人

丙申丁酉丙黑衣婦人

丁磁器物頂笠人

乙紅云紅光起遇貴

戊戌己亥丙申胄人羣鴉飛集

丁物外人水族物

乙紫衣人旂鎗

庚子辛丑丙轎乘白云起氣

丁黑衣人猿猴

乙公吏舟車

壬寅癸卯丙孝服人

丁兵刄器寶貝

乙朱衣人貴人

甲辰乙巳丙射獵人牛馬物

丁禿頭人兵刄物
乙蛇當道孕婦小兒
丙午丁未丙黑衣人血光人
丁羣鴉飛噪赤頭吏人
乙刑人捕盜人
戊申己酉丙寶物猛風后有雨
丁聾瞽人毛衣人
乙樂器疾風

庚戌辛亥丙宰殺人捕吏
丁負荷人車轎
乙紅衣紅光起黑衣婦人
壬子癸丑丙丫頭童子乘馬人
丁捕吏紫衣人
乙轎乘兵刄物
甲寅乙卯丙樂器公吏人
丁緋衣人甲衣

乙羣羊刑人

丙辰丁巳丙兵刄物牛羊

丁竹木孕婦

乙鐘鼓金玉

戊午己未丙旌旂禿頭人

丁貴官色衣人

乙僧道老嫗

庚申辛酉丙兵刄物牛羊棺槨

丁子母牛孕婦

乙死氣物微雨后雨

壬戌癸亥丙刑人血光人一男一女緑衣人

丁頂笠人猿猴鳥噪

三奇神應取直符前一位八卦宮中所臨之奇以驗其尅應

經曰陽遁順行前取用陰遁逆行后取用假令陽一局日干甲子直符在三宮是順取用今丙奇在四宮

即月奇到巽來應時中三奇在直符位上為時初在
前一位時中前二位為時末也

甲干論

姓王字文卿隸寅木而統震位寔乃十干之首為開
物成務之原扶桑之木乃昧爽呈象之始其為質也
勁其為徃也直其為色也青其為味也唆其為声也
濁其為體也方與長有胎胚含畜之情其為用也萌
與動有開展作為之力本無枝葉根蒂得時令可以

作棟樑柱櫟若逢生旺太過反為漂泊無依失時令
廢蠹斷材尅戰太過為朽腐破折本有動之體而無
動之機有可戰（過）之材而無自成之量盖由其自負亢
龍而于世故尚未覩切耳

甲為青龍利遠作事客勝

午時五不遇甲加乙二龍相杭凶甲加丙青龍返首
甲加戊青龍受困甲加坤及未時青龍入墓
主頭目瘋疾肝氣之症

甲戊加乙 青龍入雲格

主得同人之好帮助之機凡事主客皆利若逢門宮迫制則相機之嫌須論上下之分以辨主客之用可也

甲戊加丙 青龍得明格又為青龍迴首格

主有文明顯達之意窑灶修理之情凡宮門無剋期諸事大吉門剋宮利剋客宮剋門利主諸事費力而成又主有土木動作之意宅舍光輝之美又為父子榮登之象凡宮門無剋諸事進益有不謀自就之好若門剋宮戰不利主宮剋門戰不利客再分生旺衰墓明主客之用可也

甲戊加丁 青龍耀明

主得暗助之美又為迅速之機門宮相生諸事大吉門宮相剋諸事反復又當察旺相以分主客也

甲戊加戊 青龍入地

主有迴環展轉之意進退未決之情如臨生旺得令

之時方顯經論謀為之用行事大吉如逢失令則百事遲疑為偃蹇愁嘆之形戰則再詳門宮迫制以論主客之利

甲戊加己 青龍相合

主有幣帛婚媾之喜室家敦厚之情若門生宮或吡合百事吉謀遂若門尅宮好事蹉跎有始無終

甲戊加庚 青龍恃勢

主有探驪龍而得珠入虎穴而取子之情若門生宮吡合諸事吉尅制則察旺相得令再分主客之勝負

戊加辛 青龍相侵

諸事阻滯不通若門宮迫制看戊辛衰旺以分主客若門生宮比合主利主而諸事平常

甲戊加壬 青龍破獄

若門尅宮為客吉若宮尅門壬臨得令之時戰反利主諸事耗散無后察生旺休囚論主客

甲戊加癸 青龍相合

主首尾無濟隱明而迷生比諸事大吉若門宮尅制成中見破詳戊癸之因旺以辨主客之吉凶也

乙干論

姓龍而字季鄉隷卯而攝震氣定乃甲木之帮手為開元之發端而其為質也閏其為性為也曲其為色也碧其為味也酸甘其為聲也婉轉其為体也柔與嫩有繁行生發之情其為用也参與差有長短曲直之別儘堪矯柔造作得財則富麗繁華失財則枯朽

黄殞有可貴之質而不能自貴大約求直則直求曲則曲貴之則貴賤之則賤盖由其具品純柔而于世道惟知附會向榮耳

乙為日奇宜從天上六乙方出已時五不遇乙加辛乙臨坤乙入乾諸事莫舉

乙為天德乃木之華陽之精其神尤光明正大逢生旺作事宜顯揚衰墓宜斂藏

乙加震　主兔乘風吉

日奇有臨禄之鄉升于乙卯之殿又曰升天凡事漸漸興發主上官請謁迎駕婚姻安塟覓利出行求名征伐百事大吉

乙加巽 玉兎乘風

日奇玉兎臨神風之地乃升于中天照映四方秋毫之察諸事顯揚大吉戰征大勝

乙加離 玉兎當陽

日奇玉兎臨生旺之地又曰當陽宜顯揚戰兵大勝

作事亨通利于煉丹藥學道修真之事

乙加坤 玉兎暗日

日奇臨于未坤為胎養之宮漸入于地其光將暗事宜收斂固守防奸細暗欺為事多阻隔而且曖昧不明下不上達負屈不伸之象宜后則重見光輝

乙加兑 玉兎受制

日奇入于酉宮為之威德收斂諸事不利戰宜防守若合吉格久后禎祥如逢凶格永為灾否强行兵主

客大敗一旦圖謀必遭刑厄非灾

乙加乾 玉兎入林

乃玉女朝天門宜上官遠行築造凡事大吉

乙加坎 玉兎飲泉

乙入生鄉又曰父母相逢不能自立百事遲緩

乙加艮 玉兎步青

乃玉女生（升）堂又曰旺方百事大吉

乙加乙 奇中伏 奇格

凡伏吟與飛而復伏皆宜堆積栽種等事若遇刑門再詳門宫迫制以分客主之用

乙加丙 奇敵明堂

有先明后暗之局聲勢不久之情門宫相生再乘生旺諸事顯揚休囚暗昧阻滯

乙加丁 奇助玉女

有遲中得速之妙陰人扶助之情門宫相生大利為主尅制墳人多灾須詳門宫生尅用之

乙加己逢開門地遁格

有利見大人之局依尊負（附）貴之情再詳門宮生尅旺

墓分主客用之諸事大吉

乙加己日入地遁

有姑嫂相見之情農人來耜之象相生客主皆利尅

制不利為主再看門宮生尅以用之

乙加己逢開門地遁格

是得日精之蔽內應于脾外主于形又曰黃婆金公

宜安塟修坟遁形隱跡修仙學道伏兵取勝若逢此

時當請本旬玉女符咒作法步罡而去則百戰百勝

有神威之助

乙加己三奇得使

大利為客若宮門相生萬事皆吉一切行為無阻若

門宮尅制再詳主客用之

乙加庚奇合太白

有用柔制剛之意婚姻和合之情相生主客皆利尅

制須分旺相以辨主客之用可也諸事主吉

乙加庚在巽又逢開門（風遁）

此時宜祭風興云更利火攻得神化之助若此之時祭神取氣噴旂号或托異香令士卒聞之念本旬玉女符咒用火順風擊之大勝

乙加辛（龍逃走又得為使）

宮門相生為主大吉有吉中之吉百戰百勝若宮門相尅有逃走之情

乙加辛逢生門臨艮（虎遁）

宜招撫叛逆設計取勝請本旬玉女符咒步罡凡事大有威力是得虎威之助

乙甲辛在坤逢開休生（云遁）

宜藏形蔽迹祭祀鬼神禱雨興雲起霧轉風如有急難本旬玉女破雲生霧取氣作用當有雲氣之蔽

乙加壬（奇神入獄）

彼此俱宜固守再詳支干生旺宮門尅制以分主客

之勝負

乙加壬在坎遇開休生龍遁

宜立壇禱雨掩敵計量積水中陣或水戰定河開井

新船下水等事呼本旬玉女符咒當有龍神之助

乙加癸奇逢羅網

主隱明就暗凡事閉阻之象門宮相生彼此尚為得

吉剋制而又臨墓絕之地諸事遲滯艱難其主客以

門宮上下較之諸事先耗財而后得意

乙干真言

天地威神誅滅鬼賊六乙相扶天道贊德吾今所行

無攻不克白虎薄路青龍踴躍前遮后護尊歟存納

仁德洋洋大虛寥廓天乙追攝萬祥俱作急急如律

令

御定奇門秘訣卷之七終

御定奇門秘訣卷之八

丙干論

姓唐而字仲卿隸午火而轄巽位以作甲符之健將者赫奕之文明其為質也虛其為性也烈其為色也紫其為味也辨若其為聲也蒼雄其為體也畏與復有威福自作之情其為用也挪與揚有展轉變還之勢雖以干犯欺凌得財則勢焰輝煌失令則形質呆

槁有可大之材而不能有恒大約激之則升有始無終撲之則滅蓋猶其剛愎自用而于世故惟好承奉趨附而已

六丙乃明堂天威宜施恩佈德彰動威福解猒凶災

經曰丙火銷金强梁畏伏不知六丙出迷惑作事宜從上天六丙旺方而出則彼人自敗辰時五不遇丙如庚兮熒入白赤松子曰熒惑入太白上下相擊剋內往外滅以謗賊陷又丙丁值為悖火星熒熒大屋

移徙得安然獨自聞愁哭又丙加時干為悖格〻者
關格不通之象丙加直符名飛鳥鈇穴此時作事夆
造大吉以生擊死可以取勝丙奇臨六及戌時入墓
丙奇臨坎火入水池莫事萬夆

丙加震 月入雷門

奇入父母之鄉萬事大吉

丙加巽 火行風起

臨有祿之鄉又曰火之風門再得生氣大吉

丙加離 帝旺格

奇入本鄉又曰升殿但除子午二直符不可急用其
餘四符用之大吉

丙加坤 子居母腹

入子孫宮盛德收藏子息代事凡事遲緩

丙加兌 鳳凰折翅

陽入陰宮和合暗圖凡事遲延之象

丙加乾 光明不全

奇神入地不宜明顯行事只宜暗圖

丙加坎（癸生之格）

奇神得地其光明灼著凡事漸亨

丙加艮（鳳入丹山）

艮為鬼道有火照臨凶厭必散乃奇入丹山鳳凰入林百鳥來朝萬事大吉

丙加乙（月照倉海）

有龍鳳呈祥之美文明赫奕之象門宮相生彼此大利尅制必有一傷須詳時日支干上下休旺以辨主客之利鈍

丙加丙（二鳳和鳴）

有勢焰輝煌之象以文人友之情門生宮旺彼此和同時日休囚有始無終

丙加丁（星月輝光逢生門亦為天遁）

有燈市觀妓之好佳人才子之情門宮相生萬事顯揚尅制防爐滅再以宮分詳休旺可也

丙加戊逢生門天門為天遁加直符又為跌穴奇逢重生生

主客大利詳日時干支門宮生尅而用又天遁有王侯之權威鎮天下之象宜上策獻書求揚謁貴修身學道剪惡除邪當請玉女作事得月精之蔽再六華盖方上百事皆吉

丙加己奇入明堂加直符為跌穴

有出美遷喬之喜又為隱明就暗之象凡事欲速不能恩中招怨乍生乍疑務詳丙己所臨之宮生旺定主客勝負

丙加直符之己飛鳥跌穴

大利客勝任其往來諸事皆吉再詳所臨之宮看休囚旺墓以分主客之勝負

丙加庚庚入太白加直符又為跌穴

主客大利門宮相生諸事可謀門宮尅制須詳丙庚所臨旺廢分主客大約諸事守舊不可妄動如占賊盜奸究則為消滅之象若自作孽則為招殃

丙加辛　奇神生合加直符為跌穴

有恩威並濟之美禮義投合之情門宮相生凡事有就剋制調和不成詳上下時令以分主客用之

丙加壬　神奇遊海為跌穴

諸事雖吉但防不寔惟求名官訟吉戰利于為主詳丙壬所臨休旺以分主客勝負

丙加癸　奇逢華蓋加直符為跌穴

諸事得吉名利有成詳丙癸所臨生旺以分主客丙奇所領之星能制癸宮則利為客如丙儀所居之宮剋丙奇之星利為主凡言主客皆以此斷要決

丙干真言

吾德天助前后遮羅白虎在左朱雀導前使吾會他六丙除疴天威揚威玄武后隨玉楝搖曳熒惑流耀神光照耀太白成瑞六丙來迎百福悠歸急急如律令

丁干論

玉女姓季而字遊往統已火而拱未位寔為甲干之陰神有内助之德可以排君父之難可以督符信之權其為質也媚其為姓也順其為色也淡紅其為味也爽快其為聲也清亮其為体也秀而揚有窈窕順遣之情其為用也便而捷有輕重合宜之致得時則能消鎔暴戾失利則為窮愁呻吟幽人婺媍如投其机則似可狎如當其鋭則不可攖盖由其賦性柔險可用而不可測耳三奇之中惟丁奇最靈丁本火之

精化而成金宜隱謀密計私約交通隱形遁迹夘時五不遇丁入乾及艮丑時為入墓入坎火入水池諸事莫舉

丁加離　玉女登堂

臨有禄之鄉凡事顯揚之象但到離乘旺而火焰飛騰能銷爍萬物爆燥不常凡事防虛詐

丁加坤　玉女遊地户吉

有子母相見之情遲速中得速之妙當有陰助事宜暗

圖宜伏兵冲敵而取勝

丁加兑 二女穿珠

有爭妍妬寵之情嘻笑昌和之象然丁奇到兑火犯金旺之鄉可凶可吉雖入生氣之宮諸事顯揚易成亦須奇神得令為可用

丁加兑 火照天門又玉女遊天門

凡事利于私與暗計大有神助之妙

丁加坎 朱雀投江

丁入士鬼之鄉乃威德收藏之際凡事靜守得吉戰宜固守伏兵

丁加艮 玉女遊鬼戶

丁在艮其光不顯事主遅滯憂疑之象又為入墓凶事有虛驚宜于收斂

丁加震 玉女入雷門

丁加巽 玉女乘風

凡事顯揚謀為順利若當旺方戰勝

丁加甲 玉女寄生

大事大吉丁己各有生旺之時須詳門宮迫制以分主客

丁加巳 逢太門生門大道逢九穴開休二門為鬼道

宜採訪賊情偷劫伏匿等事宜祭亡賑孤驅鬼遣神拜神祭煉請本自玉女符咒作用得鬼神之助又得星精之蔭

丁加丙 奇神合明

百事吉慶大有施為丁丙所臨生旺衰墓門宮迫制分主客論

丁加丁 奇神相教

凡事雖吉恐有相爭知机暗圖宜于先舉得意利于為客若逢伏吟宜收貨積粮置炉作灶煉丹等事

丁加戊 玉女乘龍

萬事大吉所圖皆利須查丁戊門宮生墓以分主客

丁加己 玉女施恩

凡事如意情投意美私心春恋須看丁巳所臨主墓門宮迫制以主客之動静

丁加庚 玉女刑殺

萬事難以强圖其中必有反覆若庚臨生旺之宮事有勢而成戰當利主須詳門宮尅制生墓以分主客

丁加辛 玉女伏虎

求謀不利凡事艱難利為客宜入旺鄉詳門宮以分客主

丁加壬 玉女乘龍遊海加直符為得使

百福來迎萬事皆亨貴人和合淫佚私情主客俱利營謀可成須詳丁壬所臨上下門宮生尅以定主客之利

丁加癸 朱雀投江加直符為得使

萬事不利文信遺失彼此猜疑凡丁主動癸主静未免動静激搏生死關頭須詳丁癸之生墓知主客之雌雄

丁干真言

天帝弟子部領天兵賞善罰惡出幽入冥來護我者玉女六丁有犯我者自滅其刑玉女靈神太陰淵默華蓋靜復我形不忒我氣浩然悠然寰域六丁道前善惡（福）來格急急如律令

波吒羅波都羅禅微那陀濯那摩泥羅和闍那仁高護我仁貴護我仁和助我修（仁）管魂仁恭管魄仁敬養神太虛華蓋地戶天門吾行禹步玄女真人明

堂坐卧隐伏藏形急急如律令

戊干論

論加官干断見前篇 戊為天門凡面君宜没天上六戊行呼請本旬玉女去六章

戊神天武司馬羊胎坎宮治巽位司中氣而協勾陳尊同六甲有保障之威權拱六丁神变化之用其為質也烈燥其為性也耿介其為味也甘辛其為聲也剛雄其為体也滋而滞有堅執自高之志其為用也鹵而粗有不尷不尬之情得時則雄毫果然失令則

柔蠢癡愚蓋由其賦性蹶拗可化而不可制耳

己干論

姓季而自字遊御胎離宮而隸未位守中氣而配勾陳德堪擬坤有載承之義權堪化甲有經濟之能其為質也博厚其為性也坦和其為味也甘辛其為声也婉切其為体也沉而靜有包含忍耐之象其為用也剛與柔有安舒幽貞之情得時則陶鎔品彙失令則拖質堅持蓋由其禀性寛宏不凝滯于物而能與世

推移耳

六己乃明堂六合神又為地户一切事不宜丑時五不遇

己甲乙（日入地户）

凡事暗昧難圖主有蒙蔽侵犯之意再詳己乙所臨生墓門宮迫制以分主客

己加丙（地户理光）

有火炎土燥之象恩中成怨之情凡事阻屈難伸先

暗后明之意利于為客再詳生墓門宮分主客之利

直符己加丙為青龍返首

凡謀有益諸事易成大利為主然丙臨生旺之宮則生机可就圖為顯揚戰宜攻勦臨衰尅事反暗昧宜于密圖兵以暗机取勝詳門宮生墓分其主客

己加丁 明堂貪生

凡事雖吉先貴后益暗中生扶大利為客逢午未入廟詳丁己生旺門宮比迫以分主客

己加戊 明堂從祿

萬事大吉喜忻重逢己戊若臨生旺之時門宮得生助之吉主客皆利

己加己 明堂重逢

凡事自屈難明進退不決則宜固守靜中得合若逢伏吟則宜積粮草開田添土築塞等事

己加庚 明堂伏殺

凡為利主諸事有益再詳所臨生廢以分主客

己加辛 天庭得勢

凡事喜悅兩意相投凡謀進益更利為主其臨生旺得祿之宮更得詳門宮迫制以分主客之利

己加壬 明堂被刑

百事無成參商各別須查己壬逢時下之生旺以分主客之利

己加癸 明堂合華蓋

凡事反覆難成圖謀齟齬拂意詳己癸所臨生旺以

分主客之事

庚干論

郛姓而字元陽隸坤宮而統申位德侔白虎掌殺伐之權威振西方懷戰鬬之志其為質也剛勁其為性也急銳其為味也辛辨其為聲也雄夫其為体也梗真有慷慨激烈之謀其為用也暴戾有果敢勇往之力得時乘掃蕩之威失令同廢棄之質可柔以化之不可剛以制之盖由其具品執拗惟顧屈人而不屈

干人子時五不遇萬事皆凶病主肺經大腸

庚加乙　太白貪合

凡事大吉所為皆順再詳庚乙所臨生旺之時門宮迫制以分主客之利

庚加丙　太白入熒加遁得龍返首

凡事雖吉費力方成利于為主必庚廢刑若乘旺氣主反拂情再詳門宮生尅以分主客

庚加丙　太白受制

凡事不和有更改叮嚀之象刑戰疑鬧之情事多反復若奇臨生旺可以用柔制剛若庚儀臨生旺則為暴客雪主再詳門宮迫制以分主客

庚加戊　太白遊恩

凡事先迷后利先損用(后)益之象陽時利客須詳庚戊所臨休旺門宮迫制以分主客

庚加己　太白大刑

凡事不吉惟宜守舊陽時利客詳主客分勝負

庚加庚 太白重刑

有英雄未遇而自作憤激之情不能傷人而轉為自刑須詳門宮陰陽叅断主客也

庚加辛

有兩相强持之象以剛伏柔之情凡事必有爭論之端陽時利于為客詳生旺以分主客

庚加壬 太白退位

凡事有益只宜斂跡利于為主事多疑惑詳生旺以

分主客

庚加癸 太白刑融

凡事不宜人情悖逆謀為多阻須防不測陽時利于為客陰俱不利須詳生通以分主客

辛干論

高姓而事子張隷酉宮而揖位氣同白虎掌肅殺之權威位振西方宣白帝之政令其為質也芒鋭其為性也柔剛其為味也苦辣其為声也鏗鏘其為体也

沉靜如錐處囊取其為用也堅耐似玉出璞得時財黃鐘振响失令則瓦缶混淆盖由其鵾鵬之翮必待秋風方能扶搖而直上耳六辛白虎天庭經曰能知六辛往來皆吉不知六辛灾害臨身凡事不利酉時五不遇占病主瘋痰胸膈之症婚姻更凶

辛加乙（白虎猖狂）

有走失破財之事與逃亡隐匿之情所謀難就若辛乘旺而乙逢生反可得財詳門宮生尅以分主客

辛加丙（天庭得明）

有威權作合之情炉冶錢谷之事凡事吉昌更詳休旺以分主客

直符辛加丙為青龍返首

凡事吉慶所謀皆成大有權勢之意而陶鎔煅煉之情得令相生主客皆利反此別斷

辛加丁（白虎受傷）

凡事有始無終內多耗散惟利求名官訟若門生宮

魁門大利為主如門魁宮丁臨艮墓只宜固守

辛加戊 龍虎爭强

凡事不知求謀不利詳門宮墓以分主客

辛加已 虎生明堂

凡事費力方成利于為客門宮生喜

辛加庚 虎逢太白

凡事反覆爭論羈留遲延驚疑若門生宮、魁門又庚臨枉禄利于為主

辛加辛 天庭自利

凡事自敗有勢難行進退狐疑柔奸無用門生宮利主值伏吟宜演武士藏威斂迹以防內变

辛加壬 天庭逢獄

凡事不利所謀難成須防脫詐隐昧憂生詳門宮生休以分主客

辛加癸 虎投羅網

凡事有就謀事有成但先塞而后通先遲而后利詳

門宮以分主客

壬干論

任姓而字禄御隷乾宮而治亥氣其為質也順其為性也淫其為味也鹹其為声也洪其為体也圓活有磊落不羈之情其為用也流通有泛濫無常之勢得時濟物利人無能方其才調失令則防病國不及察其潛浸蓋由其賦性柔險可與同患難不可與共安樂宜伏机暗藏思謀遠慮占病脾胃眼目耳腎之症

申時五不遇加子為地網遮不可行遠一切皆凶

壬加乙 日入地户

凡事不利謀多驚詳生門休尅制以分主客

壬加丙 天牢伏奇

凡事不利求謀多凶詳門宮分主客利客

直符壬加丙為龍返首

凡謀得吉貴助禎祥分主客論之

壬加丁 太陰破獄

凡事有阻謀為暗昧分主客論之

壬加戊 青龍入獄

凡事有始無終官訟求名得吉分主客論

壬加己 天地刑冲

凡事不利求吉得凶分主客定之

壬加庚 天牢依勢

凡事虛耗難成未免驚疑反復分主客論

壬加辛 白虎犯獄

凡事憂驚每多反復分主客論

壬加壬 天牢自刑

凡事破敗諸謀不利詳得令失令失令以斷動靜

壬加癸 陰陽重地

凡事不宜圖謀計窮分主客論

癸干論

管性而字子光隸坎位而通五宮其為質也重其為性也燥其為味也濁其為声也亮其為体也厚有飢

寒由巳之情其為用也淺陋無包容藏蓄之險得時
則從龍変化著赫〻之名失令則伏棲長存慨〻之
度盖由其賦性發直惟知排難解紛而不知察奸防
險耳

六癸乃華盖宜迯避凶灾埋伏隱遁求仙凶暗不明
之事其餘皆凶病主耳腎下元之症未時五不遇癸
臨時于為天網

癸加乙 入沉九地

凡為有益陽貴相扶或暗中生助但遲疑不速詳生
參分主客論

癸加丙 明堂犯悖

凡謀阻滯事有変驚分主客論

直符癸為龍返首

事皆吉慶謀幹稱心察生旺定吉凶

癸加丁 騰蛇妖嬌

凡事不宜求吉反凶利為客更詳主客論之

癸加戊 青龍入地

凡事雖吉宜陰謀私和亦有恩怨交加之象詳生廢分主客論

癸加己 華蓋入明堂

凡事雖吉無不耗費諸事勾連每多揆度之意又為隱蔽私匿之象名訟得利〻于為主分主客論

癸加庚 華蓋受恩

作事刑害求謀無益雖為相生未分揆隅分主客論

癸加辛 天網冲犯

凡事雖吉費力方成分主客論之

癸加壬 天網役獄

凡事不利且無定見上下蒙蔽暗昧難圖分主客論

癸加癸 天網重張

凡事重〻閉塞抑屈不伸宜于暗中圖謀隐伏私盾

若伏吟宜收粮積水通濟開漿

干支合変論

子合丑寘丑合子虛二合化土為房闈之合夫婦之義也
寅合亥破亥合寅就二合化木為生浅之合父子之義也
夘合戌新戌合夘回二合化火為規矩之合兄弟之義也
辰合酉覩酉合辰離二合化金為投托之合朋友之義也

巳合申信申合巳疑二合化水為合夥之合僧道之義也
午合未明未合午晦二合化火為經綸之合君臣之義也
甲己化土田園之土情同夫婦中正之誼
乙庚化金斂飾之金情同將士有恩威之用
丙辛化水漿脓之水情同君臣為勢利之交
丁壬化木膝羅之木情同明支為滛訛之局

戊癸化火焰燥之火情同僧道爲妬忌之嫌

御定奇門秘訣卷之八終

丁干互用

六甲加甲必是財常門〻合喜信來若門不合終難望吉星門合喜旺財

六甲加乙合二龍門合開休生貴人吉星同入大財發若門不合事不成

六甲加丙龍返首當時合門財利有大吉星合貴加官門合進喜不合否

六甲加丁龍更臨門值門休生貴榮吉星同合官受祿吉符同加訟陰人

六甲加己名干格求用吉星財利多星門不合終是吉大求必望自磨羅

六申加庚龍入刑吉星才合損才人凶星相合將軍忌遠遊失路淹路塵

六甲加辛青龍驚當用合門萬事稱凶星不合開休

御定奇門秘訣 卷之九

生縱得財時終是輕

六甲加壬龍陷羅陰人用時殃不多弱門陽人不煩

用財破無成渡江河

六甲加癸青龍盖門合吉宿無灾害若凶殃陰人死

狀破財奸詐名妨礙

六乙甲加陰反陽凶星財破人損傷陰人當門求財

合貧賤陽人有文章

六乙加乙奇伏刑貴人當開失其名門合失路終再

得切忌常問死傷頻

六乙加丙順儀奇合之吉星貴人宜嘗官見擢宜上

貴當問常人夫婦離

六乙加丁墓朱雀官詞文狀利財時少木微火元水

灾無財口舌私事縛

六乙加己奇入墓為木為土相交互見財門合終是

微望財不成終相悞

六乙加庚奇入刑爭訟私財獄因人星門不合破財

禍相爭夫媍主私情
六乙加辛青龍走失財迯亡課內有夫財媍帛俱不
合總然强得非長久
六乙加壬是返吟次客常令灾害臨陽人失財自無
害床中病者是陰人
六乙加癸奇入網陰人望夫道路傷夫財不至門不
合吉星門合事無妨
六丙加甲鳥跌穴共甲相加定無差營貴求信動夫

祿財合印信即利奢
六丙加乙奇伏吟貴人求信事有成並有印信增其
祿求文印狀不輕：
六丙加丙二奇同兩重文字遭刑厄名合爭財利訟
起若門不合只因色
六丙加丁三奇同朱雀文書同貴人有貴有權兼有
殺常人門者求入籠
六丙加己勃入刑貴人門合獄囚人貴人門合空見

禁常人妻小洛軍人
六丙加庚熒入白破財盜物災禍來將物賊人心自
退空見賊人不動財
六丙加辛干合支災人久病遇明師詞訟見官終是
利病合文字正當時
六丙加壬天勃臨官訟文書起女興勃是心煩因色
動常人入獄貴逢刑
六丙加癸蓋師屋用着多災仍少福勃師鬼賊因詞

詞訟未見公方終是伏
六丁加甲奇乘童貴食千鍾萬事榮為事亨通無阻
礙常占時合祿財充
六丁加乙石奇道萬事偏宜人問不占常人必是官
致祿受權々合天祿
六丁加丙干合多重々口舌事多羅貴人印綬權重
過常刑禁見妖訛
六丁加丁奇太陰學道求書宜遠過門重來屋履家

風近覓難逢為伏吟
六丁加己雀難陳詞訟公私共嫃人自奸勾陳陰情
事常課其人必被刑
六丁加庚女陰私不是私情為財資相纏夫事遭刑
禁陰人無理為狂思
六丁加辛朱雀獄官私口舌灾相逐常人事主遭枷
禁貴者失官並退祿
六丁加壬名干合丁壬相遇喜財豐貴人印綬當權

利文狀公私事必通
六丁加癸雀入江陰人詞訟起灾殃不和一定不明
事嫃争貪淫致禍傷

六戊在局

六己加甲二童合杏星門合財利源求官利門多和
喜公事無妨定入門
六己加乙成 小明當合門時事：平門合吉星財不測
若門不合客登程

六己加丙字師推陽人受官祿加時門合六陽太陰忌色亂奸狂為小兒

六己加丁墓奇名朱雀文書與訟刑吉星相合宜先訟若還后吉獄囚臨

六己加己尸刑鬼望信陰人信不明門合遠謀求望得若門不合信非成

六己加庚伏有刑陰人占陽灾禍隨若門不合莫堂筵陽人門女有陰私

六己加辛墓魂井家內陰人閙泣聲門合小兒小灾禍若門不合禍非輕

六己加壬刑網張陰私纏擾見陽傷凶門奸詐失身課暗門難明五位當

六己加癸為元武險人沉陷為灾醜吉門虛灾見不成若門不合應殃咎

六庚加甲格青童受財必利々多驚凶吉不合開休生求財空見事難成

六庚加乙日奇干乙庚合后小車安若門同星事為
吉凶事加臨事入官
六庚加丙曰入熒當門遭賊失賊凶門合吉星財不
失切忌凶星刑尅克
六庚加丁格亭亭争人詞訟有私情吉星門合虛官
事若門不合損人刑
六庚加己名刑格獄內遭囚人刑厄吉星門逆死囚
禁門順吉星虛情色
六庚加庚伏格星當門官灾牢獄情門合百日看灾
受凶曜臨時囚禁刑
六庚加辛干格虎當來合時争客至門合主侖客必
傷路占中道失伴侶
六庚加壬蛇格併占信陰人路難望傷門死路二門
傷門合得見陰合旺
六庚加癸名天格占路出遠囚疾厄星門不合休望
事求財失利多思賊

六辛加甲青童陽從訟爭財陰不妨人門逆必凶星
損門損吉星利陰陽
六辛加乙虎猖狂失財破賊人死亡路行千里看門
順門合凶星當路防
六辛加丙干合熒文狀官生見者榮吉星不合處無
事切忌當時見者人
六辛加丁獄入刑文字官私人路迷合門宜先鼓擊
動門逆凶星夫婦離

六辛加己刑獄格奴婢傷主如凶戰門合 奴婢遭官
刑門傷：人必主見
六辛加庚干合格兩陰相鬭爭夫色門合家訓無官
刑凶星門逆爭危厄
六辛加辛獄自刑求喜合財宜陰人門合吉宿陰陽
論陽人門凶災禍臨
六辛加壬蛇格獄兩男爭女陰疫災凶星獄内不刑
尅陽火陰凶必禍來

六辛加癸刑自益陰人用財無失宮害吉星陰合宜
陽事陽人財喜陰人愛
六壬加甲蛇青童陰人求喜在門庭若陰不合求空
見陰人求喜終是輕
六壬加乙蛇小明陰人伏灾貴人生奇門貴子必夭
祿若門不合損無刑
六壬加丙蛇熒惑文詞爭論似風云門合吉星宜先
用凶星入獄主灾迍
六壬加丁午合星爭財文狀利陰人吉星門合喜文
字小者平常貴祿臻
六壬加己大出星熒禍官私事不明門合吉星見不
吉若門不合夫婦爭
六壬加庚並格蛇占名如羊入虎穴凶星合門夫婦出
陰人合吉與陽別
六壬加辛蛇入獄暗裡陰人無託處門合星見凶灾
失若門不合凶遠路

六壬加壬門羅網陰人求財多財利門合不測暗才
喜陰陽用陰和失道理
六壬加癸雙蛇盖門逆不合他人愛室女占時事須
恠門合他人空喜在
六癸加甲青童旺才合親戚宜陰人門合陰陽俱無
用若門不合陽損身
六癸加乙合蓬星〻貴官常財不輕門合貴人多印
綬凶門常人才哭声

六癸加丙盖其列貴人受官神自悅門合吉星宜印
至常人文状失本業
六癸加丁蛇夭嬌陰人文詞逓凶曜門合不定灾伏
事損才遭刑課先比
六癸加己益蛇尸陰人門合失親住門合吉星夫娼
宜門逆夫妻夫亡路
六癸加庚大路翻不宜常人宜貴官門合官受兵權
印門逆貴賤事多艱

六癸加辛獄並牢禁軍公戎與吏遭門合欲事空自禁門庭灾訟必煎熬

六癸加壬復益蛇陰人無夫子孫絶門順星合須后嫁陽人旺妻與陰别

六癸加癸四網張陽人亡旅並鄉失門順星合文字到若門不合陽人傷

十干尅應歌

六甲歌曰十干尅應有玄微一一皆從時位推六甲貴人端正好甲為天福吉有餘

陰日青衣婦人陽日青衣男子主三年内得天禄大吉

六乙僧道九流醫　乙為天貴主高賢陽為貴人陰為僧道或赤頭白衣使者

六丙飛龍見赤白　丙為天威行逢持弓弩斧騎赤白馬人看青人應

六丁玉女好儀容丁為玉女陰日為女子物色陽日

見陽人或大女人二十七日内有古器進大吉

六戊旂鎗並鑼鼓　戊為天武陽日鑼鼓旂鎗陰日親友歌樂半年内得武人財寶

六己黃衣並白衣　己為明堂陽日黃衣人或又逢州縣守牧陰日又白衣人一男一女或年内得人財

六庚喪服並兵吏　庚為天刑陽日兵吏罪人扭鎖陰日見孝子白衣人四十九日有貴人文字來應

六辛禽鳥並鴉飛　辛為天禽主飛禽陽日白衣人陰日見飛禽至一年内得財寶

六壬雷霆霧霏雨　壬為天牢乃千里雷霆故主雨陰日見皂衣人陽日見白衣人或女人抱瓶主七十日内進人口

六癸孕婦喜忻歸　癸為天藏陽日見漁人陰日孕婦歸主六十日内得銅為應大吉

十二支神　〻名情性數目並尅應定法

子神后其數九其味醎女虛危三宿主之十二月將

玄枵水　將神
子天后天乙彩女家在壬子其將主媍人賞賜姦私
之事　貴神
子時見女人吃物或酒食等物　尅應
丑大吉其數八其分甘牛斗二宿主之十一月將星
紀土
丑天乙黄帝之精家在已丑旺于四季其將主貴人
宫禄珍寶

丑時見皂衣人騎馬或無馬應有貴人
寅功曹其數七其味酸尾箕二宿主之十月將析水
木
寅青龍天乙大承相家在甲寅其將主官禄財分酒
食喜慶事
寅時見僧道或官之人担物
卯大衝其數六其味酸氐房二星主之九月將大火
木

夘六合天乙光禄卿家在乙夘其將主婚姻和合丈夫隐逸之士

夘時見生光或皂衣人四人把棒

辰天罡其數五其味甘角亢二宿主之八月將壽星土

辰勾陳天乙將軍家在戊辰其將主兵器争鬪訟論之事

辰時女人着青衣或手中有物人

巳太乙其數四其味若巽軫二宿主之七月將鵄尾火

巳螣蛇熒惑之精家在丁巳其將主驚恐怪夢是事不安之象

巳時見漁子或赤体担物人

午勝光其數九其味苦柳星張三宿之主將鶉火鶉

未午雀南方捧騎尉家在丙午其將主文書口舌遠信

午時見担酒物人或文人同行

未小吉其數八其味甘井鬼二宿主之五月將鶉首

土

未太常天乙太常卿家在巳未其將主官禄印綬衣

服喜事

未時見女人担果或挑酒食物

申傳送其數七其味辛嘴参二宿主之四月將寔沉

金

申白虎金神凶將家在庚申其將主患病死亡道路

出入之灾

申時見飲酒食人或送酒食物同行

酉從魁其數六其味辛昴胄畢三星之主三月將大

梁金

酉太陰金神吉將家在辛酉其將主欺蔽隐匿陰私

不明婦人之事

酉時見女人說話或有同伴之人

戌河魁其數五其味甘奎婁二宿主之二月將降婁

土

戌天空土神凶将家在戌戌其將主虛詐不寔虛驚奴婢奸亡之事

戌時見男子婦人着青衣服大凶

亥時明其數四其味醎室壁二宿主之正月将取訾

水

亥玄武水德凶将家在癸亥主盜賊遺亡奸私之事

亥時見公訟之事人把孝服等物

三奇吉凶斷

時加六乙與神俱出不知六乙往來恍惚

乙奇吉神臨方得日精之蔽凡攻擊往來迯亡宜從天上六乙而出所向護功求財得利聞憂無聞喜有移徙人官市價嫁娶吉一里行見君子術士僧道九流人應之不可行譴怒鞭杖嘖責之事

乙為天德又名天蓬星此時人君宜施恩惠賞功行吉慶事不知六乙者乙奇在天盤甲午辛上或臨地

盤甲午辛與乾宮不吉或乙奇值死絕休囚氣亦減

福

乙奇到兌謂日出扶桑有祿之祿又為貴人昇乙酉

之殿大吉

到震為玉兎遊宮吉　　到巽為玉兎乘風吉

到離為玉兎當陽吉　　到坤為玉兎暗日又為入

墓凶　　到乾為玉兎入林半吉又

為木入金鄉凶　　到坎為玉兎飲泉吉

到艮為玉兎步青吉

時加六丙敵人自恐不知六丙如入陷穿

又曰時加六丙丙驚兵莫往王侯壓伏賊兵不起

丙奇吉神臨方得月華之蔽為威火爍烘以銷金精

兵不起從天上六丙出賊自敗將兵大勝聞憂無憂

喜有入官得還市價得利百事大亨行一里見担牽

生氣物人至

丙為天威又為明堂人君此時宜發號施令以彰天

威不知六丙者如丙奇得使臨天盤甲申上又為熒入白不吉或到乾為入墓亦不吉值囚死絶休氣減福

丙到離火旺之地為月照瑞門又為貴人得丙午之殿大吉

到震為月入雷門吉　　到巽為火行風起龍神助威吉

到坤為子居母腹吉

到兑為鳳凰折翅凶　　到乾為光明不全又為入墓凶

到艮為鳳入丹山吉又艮為鬼道丙火爍然凶

到坎火入咸池凶

時加六乙入丁幽入出冥刀鉅臨頸猶安不驚又曰至老不刑臨險不驚

丁奇玉女貴神臨方得精星之蔽匿(宜藏)逃亡絶迹從天上六丁出隨丁奇使玉女入太陰而藏人不見故曰出幽入冥敵人不敢侵將兵主勝憂喜各半可以請謁嫁娶及陰私事入官商賈皆吉行一里見捧物之

人應之丁為太陰此時人君宜安靜居處不可行威怒

不知六丁者如六丁玉女騎龍虎以丁加甲寅癸上又為雀投江故不吉到艮八人墓不吉值壬癸休囚絕死氣減福

丁奇到兑天乙之神又為貴人升丁酉之殿穴吉到震玉女最明吉　到巽玉女晋神居吉

到離玉女乘旺又為玉女食祿大吉

到坤玉女遊地户吉　到乾玉女遊天門又為火照天門大吉　到艮玉女遊鬼門凶

到坎朱雀投江入壬癸凶

六儀吉凶斷

時加六甲吉慶大發不知六甲被人征伐

又曰時加六甲一開一合須辨陰陽上下交接

又曰能知三甲一開一合不知六甲：：盡合

六甲者甲子之類也此六時本是伏吟直符乃天乙

之貴人則宜出不動之直符飛動則宜從直符加臨之方出吉不知六甲者誤出擊刑之地則凶有凶星犯之者亦忌無犯無擊刑者全吉甲為天符此時人君宜行恩惠進者有德賞有功又曰甲為青龍利以遠行將兵客勝上官見貴移徙嫁娶百事吉不可行譴怒鞭杖事出行一里見孕婦手執青黃之物應之六甲地下之時陽星加之為開陰星加之為合陽星者逢任沖輔禽陰星者芮柱心英是也三甲者甲寅甲

申為孟申甲子甲午為仲甲々辰甲戌為季甲孟甲宜守家不可出入凶仲甲不宜出大利逃亡季甲百事吉

今日是甲直符又是甲時又是甲日為三甲合吉甚時甲六戊乘龍萬里不知六戊被人阿指又云莫敢阿止凶惡不起

六戊乃天陰也此時出兵利客聞喜有聞憂無遠行商賈從天上六戊而出挾天武入天門百事吉逃走

亡命遠萬里凶惡不敢拘止行一里見担挑財物人應此時人君宜發號施令以行誅戮斷除凶惡不知六戊者悞從凶方凶門返吟之宮而出則不吉如陽遁五局甲巳日午艮時甲子帶戊在中寄坤即以禽芮為直符甲戊時戊在中亦寄坤〻在西南于此奉事則吉　又陽局用天上直符方陽局用地盤直符

方加六巳如神所使不知六巳出被凶咎

巳為六合吉神宜作陰私秘密之事隱匿則如神所

使不知六巳者悞用刑犯之方及强為顯揚之事必逢凶咎入官嫁娶遠行凶此時人君宜發明舊事修封疆理城廓

時加六庚抱木而行不知六庚必見鬬爭

庚乃天獄又名天刑此時不宜舉事强為必遭刑罪故曰能知六庚不被五木不知庚六俱使入獄或被凌辱將兵主勝客死市價無利入官嫁娶凶只宜固守屯營不宜出動行一里見女人穿孝服應之此時

人君宜断決刑獄誅戮奸邪
時加六辛行遇死人强有出者罪罰纏身
辛乃天庭凶惡之星此時諸事不利大凶將兵主勝
客死故曰能知六辛所往行來不知六辛多被杻械
此時人君宜正刑法決罪囚行一里見買賣人應之
時加六壬為吏所吏强有出者非禍相臨
壬為天牢凶星出行謀為百事凶强有出者必被仇
怨所稽將兵主（勝）藏利以伏藏行一里見空虛之物此
時人君宜平訴訟決刑獄不可為吉事
時加六癸衆人莫視不知六癸出門見死
癸乃天藏之星宜藏匿逃亡絕迹從天上六癸方出
家人莫見將兵主勝其餘凡事不利癸又為天網故
不吉行一里見鉄器之人為應此時人君宜行威武
顯罪責罰積貯收斂
直符返吟不利舉兵動衆只宜散恤倉庫之事凡事
符對冲皆返吟遇奇門益之不至凶害不然灾禍立

至

直符伏吟此時不可用兵惟宜收貨財物

以上六儀者六甲常隱于六儀之下六甲雖不用而為天乙之貴神謂之直符其發用在此故為之遁也

甲乙丙丁戊己庚辛壬癸在遁為三奇六儀在時為時干其吉凶發用皆録之于右當以其旺相輕重審而用之

遁甲三奇保應章

夫奇者乙丙丁乃上〻界真宰天上號日月星地下號乙丙丁以為天地中萬神之主每月朔旦之日九十四家年月日時三百六十神諸煞將軍太歲年禁退星拱手朝臨安門出行得三奇多護吉利五姓大塋破土斬草立卷安塋開山立向野外權厝改卜新營開故墓合塋附塋得此三奇到山頭或臨坐向者並不忌山家墓運陰符九十四家年月日時三百六十神煞年禁退神太歲將軍土旺用事相尅日期一

概不忌諸神煞擅退六十步拱手進福大塟安宅得三奇子孫發福上官赴任得三奇未及三年受皇封開山立向得三奇子孫必定換緋衣求官應舉得三奇定至若甲移徙入宅定主興旺迎婚嫁百年偕老子孫綿綿

御定奇門秘訣卷之九終

全書終